E. CRESSOT

POÉSIES

PARIS

LIBRAIRIE D'ALPHONSE TARIDE

2, RUE DU COQ-SAINT-HONORÉ

1856

POÉSIES

Paris. — Imp. Lacour, rue Soufflot, 18.

E. CRESSOT

POÉSIES

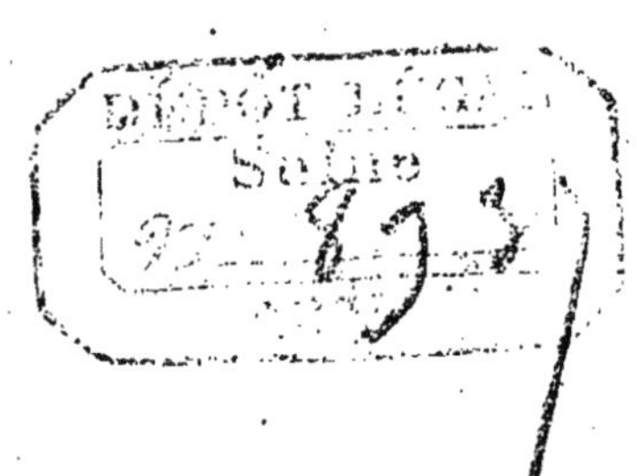

PARIS

LIBRAIRIE D'ALPHONSE TARIDE

2, RUE DU COQ-SAINT-HONORÉ

1856
1855

PAR LEVIBUS VENTIS.

Au milieu des grands bois, cherchant la paix divine
    Et fuyant les ardeurs du jour,
La vierge au doux regard vers la source s'incline,
    Sentant son cœur battre d'amour.

Elle a vu dans les flots briller sa propre image,
    Et dit : — C'est sans doute une sœur
— Qui, blonde comme moi, semblable à moi par l'âge,
    — Voudrait me presser sur son cœur. —

Mais à peine sa lèvre a-t-elle, frémissante,
Baisé doucement le flot clair,
Que l'image s'enfuit de l'onde transparente,
Et semble se perdre dans l'air.

Et la vierge partout cherche, pauvre éplorée,
Mais elle est seule auprès du bord.
— Ne fuis pas loin de moi, reviens, sœur adorée,
— Dit-elle, ah! sans toi c'est la mort! —

Vierge, ne pleure pas, bientôt au fond de l'onde,
Qu'a fait frémir ton frais baiser,
Tu reverras encor sourire ta sœur blonde,
Laisse la source s'apaiser.

Ah! puisses-tu toujours ainsi pendant ta vie,
Dans ton âme, source au flot pur,
Te revoir souriante et d'extase ravie,
Comme un séraphin dans l'azur!

C'est le bonheur rêvé par le penseur austère,
L'Éden promis par le Sauveur.
Vierge, prends en dédain les songes de la terre,
Regarde toujours dans ton cœur.

Le soleil s'est couché dans les nuages d'or,
Et ses derniers rayons illuminent encor
    Les flancs âpres de la montagne ;
Les bergers, appuyés sur leur bâton noueux,
Ramènent lentement leurs troupeaux, et des cieux
    La nuit descend sur la campagne.

Le laboureur, qui s'est courbé pendant le jour
Sur les sillons, conduit ses grands bœufs au pas lourd,
    Et fait de son chant monotone
Retentir le vallon qu'enveloppe le soir ;

Puis, s'arrête songeur, regardant le bois noir
   Où soupire le vent d'automne.

Car sa main a jeté dans ton flanc entr'ouvert,
O nature ! le blé que bientôt de l'hiver
   Va couvrir le pâle suaire ;
Et dans son âme il pense aux jours de l'avenir,
Et doute par instant qu'il puisse voir mûrir
   Ce grain qu'il cache dans la terre.

Ainsi nous tous, soldats, poëtes, laboureurs,
Qui versons dans ton sein notre sang, nos sueurs,
   Sentons dans notre âme le doute,
Et notre chant se tait, quand se met à gémir
Le vent, et que la nuit tombe et vient obscurcir
   Sous nos pas la terrestre route.

A A. JEANHNIOT.

Per amica silentia lunæ.

Le soir enveloppe la terre,
Dans la forêt s'endort l'oiseau,
Des astres la pâle lumière
Ensevelit dans son mystère
Et la vallée et le hameau.

Où t'en vas-tu, seule à cette heure,
Toi qui trembles au moindre bruit,
Blonde enfant, loin de ta demeure?
Tu fuis, et ton pied blanc effleure
Le sentier qu'efface la nuit.

1.

Où je vais, je ne puis le dire,
Mon cœur bat, mais non de terreur,
Là-bas quelque chose m'attire,
Par mon cœur je me sens conduire;
Est-ce à la joie, est-ce au malheur?

Il est deux routes sur la terre,
Si l'une est couverte de fleurs,
L'autre est aride et solitaire;
Il n'y croît que l'absinthe amère.
L'une est à l'amour, l'autre aux pleurs.

Quand tu seras sur la colline,
Regarde l'espace profond,
Le ciel d'étoiles s'illumine:
Devant cette splendeur divine
Baisse tes yeux et ton beau front.

On m'a dit que dans la vallée
De l'immortalité croît l'éternelle fleur,
Sur l'herbe qu'on n'a point foulée,
Je viens pour demander à la nuit étoilée

Les songes enivrants qui passent dans mon cœur.

Toi qui viens pour ravir à l'amour qui dévore
      Ces secrets que tu veux savoir,
      Fuis, car à la prochaine aurore
      Jamais tu ne verras éclore
Les vains songes d'amour que rêve ton espoir.

N'écoute pas les chants que murmure à cetté heure
      Le vent plein de tièdes senteurs,
      Ici tout désir n'est qu'un leurre,
      Et parmi nous rien ne demeure
      Que pour faire couler nos pleurs.....

Quand la rose a livré sa corolle pourprée
      Aux baisers ardents du soleil,
      Et qu'elle se penche enivrée,
      Des larmes du ciel altérée,
De son rêve d'une heure il n'est pas de réveil.

      Pourquoi veux-tu, dans ta tristesse,
      Toi, qui sur terre marches seul,

Éteindre ma divine ivresse,

En secouant sur ma jeunesse

Les plis glacés de ton linceul ?

Va loin de moi, spectre livide !

Je suis belle, et sens dans mon cœur

Mon sang qui brûle ; aucune ride

N'a sillonné mon front limpide,

Que n'a point pâli la douleur.

Si de ton cœur lassé la divine espérance

    A fui pour ne pas revenir,

Et si le doute, fruit de l'arbre de science,

Ne te fait voir partout que l'humaine souffrance,

Que m'importe ! mon âme a foi dans l'avenir.

    Du zéphyr l'haleine embaumée

    Vient caresser mon jeune sein,

Que me fait de pâlir ? Ah ! je veux être aimée.

Que me fait de souffrir ? Ah ! je suis consumée ;

    Laisse-moi suivre mon chemin.

A LECONTE DE LISLE.

Les vains bruits ont cessé sur la terre lassée,
   L'ombre descend du haut du ciel,
Et les fleurs de la nuit ouvrent à la rosée
   Leur calice rempli de miel.

La lune au front d'argent derrière la colline
   Monte limpide à l'horizon,
Et de ses purs rayons vaguement illumine
   Des prés fleuris le frais gazon.

Tous ceux qui dans le jour ont marché sur la terre,
Des humains subissant le sort,
Demandent le repos : dans les bras de sa mère
En souriant l'enfant s'endort.

LE POÈTE.

Qui vient si doucement aux clartés des étoiles,
Quand la sereine nuit descend du haut des cieux,
Debout à mes côtés, et soulevant ses voiles
Me montre son sourire et son front radieux ?
Ah ! pourquoi passer sur ma route,
Illusion, fantôme vain,
Remonte vers Dieu, car le doute
Habite mon cœur orphelin.

LA MUSE.

J'ai vu ton front baissé, les sanglots de ton âme
Sont montés jusqu'à moi ; dis, quelle est ta douleur ?
Et je viens t'apporter des paroles de femme
Pour calmer ces sanglots qui déchirent ton cœur.
Réponds, mon bien-aimé ! si quelque fille d'Ève
A trahi ton espoir ou si, brisant ton rêve,

Elle a fui loin de toi, j'ai, pour guérir tes maux,

La céleste espérance et des rêves nouveaux ;

J'ai pour guérir tes maux la divine harmonie

Et du ciel dont je viens l'éternelle splendeur ;

Jamais d'aucun mortel la main ne m'a flétrie,

Jamais mon cœur troublé n'a connu la douleur.

LE POÈTE.

En vain les brises printanières,

De leurs tièdes et doux baisers,

Caressent les blondes paupières

Des vierges aux regards baissés ;

Que me font les filles mortelles

Avec leurs larmes, leurs soupirs ?

Je passe seul au milieu d'elles

En proie aux éternels désirs.

Je ne demande pas aux filles de la terre

De verser dans mon cœur un amour éternel,

Je ne demande pas que leur blonde paupière

M'inonde des rayons qui ne luisent qu'au ciel,

Je ne demande pas que la science humaine

M'apprenne les secrets des mondes infinis,

Je ne demande pas que le travail, la peine

Ne courbent plus nos fronts par le soleil brunis;
Mais je demande à Dieu pourquoi tout nous échappe,
Pourquoi nous n'embrassons que des fantòmes vains,
Pourquoi, comme les blés que la tempéte frappe,
Il fauche sans pitié le troupeau des humains,
Sans qu'ils aient pu dresser le monument durable
Que depuis six mille ans réve l'humanité,
Sans qu'ils aient pu bâtir ailleurs que sur le sable,
Le temple radieux d'éternelle beauté.
Création! ô toi qu'on appelait Cybèle,
Lorsque le monde enfant, parant la mort de fleurs,
Dans chaque être adorait la nature éternelle,
Et palpitant d'espoir, à sa forte mamelle
S'enivrait doucement de l'oubli des douleurs,
De l'incréé rayon tu n'as plus la lumière,
De l'invisible Dieu tu n'es plus le reflet,
L'espérance et l'amour ont déserté la terre,
Et l'étoile du soir qui brillait la première
Dans la profonde nuit pâlit et disparaît.

    Quand nous errons dans les ténèbres,
Quelle vierge au front pur va naître parmi vous?

      Est-ce une aurore ou des torches funèbres
Que ces lueurs qui passent devant nous?

Sur la terre obscure et glacée
Comme sur un tombeau va-t-il germer des fleurs ?
Comme des cieux descend la divine rosée
Sur les champs moissonnés, l'espérance lassée
Va-t-elle en s'enfuyant laisser tomber ses pleurs ?

LA MUSE.

Tu portes dans ton cœur, mon frère,
Un monde éternel et vainqueur
De la mort et du temps, espère,
Et tu pourras guérir ce cœur.
Laisse passer ce monde, ivre de sa folie,
Et qui croit qu'il existe en rêvant dans sa mort.
Au fond de toute coupe il faut boire la lie,
Au fond de tout plaisir épuiser le remord.
Si ta raison se trouble en voyant sur la terre
Que tout tombe ou s'efface en la suite des jours,
Porte plus haut ton cœur, l'ineffable mystère
De l'idéal sacré le remplira toujours.
Alors ne comptant plus ni le temps ni l'espace,
Dans l'océan divin, qui ne tarit jamais,
Ton âme nagera, tu verras face à face
Ce qui seul donne au cœur une éternelle paix.

Un jour nous descendions lentement la riviére,
Et l'éternel soleil de ses grands rayons d'or
Empourprait les flots bleus, nous regardions la terre
Dans sa robe de fleurs s'enfuir le long du bord.

L'air doux et parfumé caressait de ses ailes
Les grands bois murmurant un chant mystérieux,
Et le calme du soir aux sphéres éternelles
Laissait monter ce chant de la terre et des cieux.

Ton enfant couronné des fleurs de ce rivage
Nous regardait tous deux d'un limpide regard,
Notre bouche était close et nous rêvions à l'âge
Où la sainte ignorance offre tout au hasard,

Où l'on s'endort bercé par la brise divine
Sans nul remords au cœur, sans avoir en marchant
Déchiré son pied nud aux buissons dont l'épine
Reste avant dans la plaie et le fait tout sanglant.

Tu ne semblais pourtant demander à la terre
Que ce seul horizon, et dans les fraîches eaux
Tu baignais ton bras blanc, et ta blonde paupière,
Tranquille, s'abaissait en regardant les flots.

Je suis venu depuis à ce même rivage,
Pécheresse adorée, et j'ai tendu la main
En cherchant seul, hélas ! si de notre passage
La trace était toujours : j'ai cherché, mais en vain.

Dans le noir océan qui roule autour du monde
Ces flots qui nous portaient sont perdus pour toujours,
La mort aux froides mains tient dans sa nuit profonde
Notre amour, ô mon âme ! effacé de nos jours.

Fille du ciel, ô toi ma seule bien-aimée !
Toi qui m'as consolé pendant les jours mauvais,
Toi dont le front est pur et l'haleine embaumée,
Et dont le cœur ardent ne se lasse jamais,

Pour un songe menteur souvent je t'oubliais ;
De terrestres désirs mon âme consumée
Cherchait dans un bonheur vain comme la fumée
L'impossible bonheur et la divine paix.

Pardonne mon erreur, ô ma sœur tant fidèle !
Viens me sourire encore, et du bout de ton aile
Effacer doucement de mon front la pâleur.

Ton amour est le seul qui console ma peine,
Ton chaste et saint baiser pendant la nuit sereine
Comme un rayon divin calme seul ma douleur.

Sur le sable doré, dans le vallon désert,
     Le fleuve endormi se repose,
La profonde forêt, de son ombrage vert,
     Enlace les bords qu'il arrose.

Parfois dans l'air brûlant s'éveille un long soupir,
     Parfois une brise sonore
Se lève, et d'un baiser fait doucement frémir
     Cette eau que la lumière dore.

Ce n'est point parmi nous que l'on trouve la paix.
    O fleuve ! dans ton eau dormante,
Je veux avec bonheur me coucher pour jamais
    Comme dans le sein d'une amante.

De l'infini divin, ô reflet doux et pur !
    Tu nous montres le ciel immense.
Non, tu n'es pas un leurre, au fond de ton azur
    Règnent le calme et le silence.

Las du monde réel, songe triste et menteur,
    Je veux m'endormir dans ton onde.
C'est là qu'est le repos, oui, c'est là que mon cœur
    Pourra trouver la paix profonde.

SYLVIA.

Foulant l'herbe et la mousse au milieu des grands bois,
　　Sur la terre profonde
Elles dansaient, mêlant le doux son de leur voix
　　Au murmure de l'onde.

Belle comme Diane aux vallons de Délos,
　　Encor pure comme elle,
L'une d'elles exhalait de ses yeux demi-clos
　　Une flamme immortelle.

Tout en elle semblait vie, espérance, amour,
Et la sainte lumière
En caressant son front montrait parfois au jour
Une rougeur légère.

Mais pourquoi tout-à-coup se met-elle à pâlir?
Arrachant sa couronne,
Pourquoi ces pleurs, ces mots que nul ne peut saisir,
Quelle ombre l'environne?

Pourquoi seule à l'écart va-t-elle ainsi s'asseoir
Brisant les fleurs flétries?
De quel souffle a glacé le vent du désespoir
La reine des prairies?

SYLVIA.

O mes sœurs, laissez-moi pleurer,
Laissez-moi sur la froide terre,
Ce que je souffre est un mystère,
Dans vos bras pourquoi me serrer?
Laissez-moi pleurer et me taire!

LES JEUNES FILLES.

O toi que nous aimons plus qu'on ne doit aimer,
Toi notre orgueil et notre joie,
Par nos baisers brûlants laisse-toi ranimer,
Du mal ne deviens pas la proie.

SYLVIA.

Ni votre amour, ni vos baisers, mes sœurs,
Ne tariront la source des douleurs
Qui déchirent mon âme,
Ce que je veux nul ne le peut saisir,
Et dans mon sang l'impossible désir
N'éteindrait point sa flamme.

LES JEUNES FILLES.

Quand tu passes le soir au bord des clairs ruisseaux
L'oiseau chante dans la feuillée,
Dans chaque enfant de Dieu l'amour s'est éveillée,
Et soupire avec les roseaux.

Sur ton front vierge encor les divines étoiles
Laissent tomber du ciel leur sereine clarté,
Le zéphyr embaumé vient écarter les voiles
Pour caresser, Sylvia, ta suave beauté.

O sœur, console-toi, l'immortelle nature
Te berce sur son sein frémissant de désir.
Va, quel que soit le mal que ta jeune âme endure,
Sous sa sainte caresse à jamais il va fuir.

SYLVIA.

Heureuse la fleur solitaire
Qui ne vit qu'un jour sur la terre!
Heureux le papillon nacré!
La fleur s'entr'ouvre à la rosée,
Le soleil au front l'a baisée
De son rayon pur et sacré.

Moi, je me sens mourir ; dans la source cachée
J'ai plongé, mais en vain, mon corps brûlant d'amour!
La naïade vers moi jamais ne s'est penchée,
Et sa lèvre jamais à ma lèvre attachée
Ne m'a fait voir plus pâle au jour.

De mes plus chers parfums en vain sur toute chose

    A flots j'ai versé les senteurs.

Quand aux pleurs de la nuit l'on voit s'ouvrir la rose,

Jamais la fleur d'amour sous mes baisers éclose

    N'a dans son sein gardé mes pleurs.

A L. V...

Lorsque la fleur des champs, à l'heure du réveil,
Ouvre son pur calice, et de la fraîche aurore,
Laissant baiser son front par le rayon vermeil,
Boit les pleurs de la nuit pour vivre un jour encore,

L'ombre qui dérobait aux regards des mortels
Les plus belles couleurs, quand renaît la lumière,
Disparaît; les parfums vers les cieux éternels
Montent comme un encens fuyant loin de la terre.

2.

Dans l'ombre de vos pleurs et de pensers amers,
Vous avez incliné votre front jeune encore ;
Mais il est un rivage aux rameaux toujours verts,
Et des vallons baignés d'une éternelle aurore.

Là, rien ne peut troubler la sainte paix du cœur ;
De terrestres sanglots l'âme n'est point brisée,
Et le désir ardent de l'éternel bonheur
S'éteint dans les flots purs de céleste rosée.

Un nuage a caché les cieux remplis d'étoiles.

Comme un vaisseau perdu sans pilote et sans voiles
    Sur le dos du noir océan,
O Seigneur ! nous errons sur un abîme sombre,
Sans savoir, emportés dans la nuit pleine d'ombre,
    Ce qu'est l'être ou bien le néant.

Toujours, sans le savoir, à nos lèvres brûlantes
Nous portons le poison avec nos mains tremblantes,
    Altérés de vivre toujours.

Et pourtant près de nous est l'arbre de la vie,

Dont le fruit rayonnant au soleil nous convie:

Sans y toucher passent nos jours.

A TH. BERNARD.

LE BAISER DE LA MORTE.

C'était l'heure où la lune pâle
Verse ses longs rayons d'opale
Sur le monde lassé du jour,
Où l'enfant dort près de sa mère,
Où cesse la douleur amère,
Où s'éveille le saint amour.

Et la morte vers moi vint avec ce sourire
Que vivante elle avait pour moi seul parmi tous

Elle me regarda, puis, pleurant sans rien dire,
Elle s'assit sur mes genoux.

Sa lèvre se posa sur ma lèvre tremblante,
Et la morte s'enfuit pour ne pas revenir;
Moi je tendais les bras vers cette froide amante,
Pour ne la plus quitter quand j'aurais dû mourir.

Oh! pourquoi pleurais-tu, pauvre âme?
Était-ce par pitié de femme
Pour moi qui fus ton frère aimé?
Pour moi qui marche dans ce monde
Où l'air qu'on respire est immonde,
Où Dieu par l'homme est blasphémé?

Ou bien, en attendant que l'univers s'efface,
Dans ton cœur emportant un fatal souvenir,
Ombre triste, égarée, erres-tu dans l'espace,
Sans pouvoir en mourir?

Si tu viens des blanches étoiles,
Vierge, des premiers de mes jours,
Que ta main soulève les voiles
De l'inconnu que je cherche toujours.

Dis-moi le secret que j'ignore,
Ce secret dont la soif dévore
Tout mortel qui marche ici-bas;
Dis, car mon âme est oppressée,
Du vain espoir elle est lassée.
Vierge, ne répondras-tu pas?

Ne répondras-tu pas lorsque ma voix t'appelle?
Lorsque je tends les bras vers toi,
De l'étoile où tu vis, ô ma sœur éternelle,
Redescends encore vers moi !

La morte n'est pas revenue.
En vain je l'attends chaque soir.
Quand la lune argente la nue,
Vers son tombeau je vais m'asseoir.
Mais je n'entends que la nature
Qui se plaint dans le long murmure
Des grands chênes et des torrents,
L'homme qui s'agite ou qui pleure,
Chaque chose attendant son heure
Au milieu des mondes errants.

Quand le souffle de mai fait éclore les roses ,
Et que, tout radieux, le renaissant soleil
Caresse les prés verts, baignés de vapeurs roses,
 De son rayon doux et vermeil,

Les oiseaux frémissants courent dans la feuillée,
Tout est bonheur sur terre et bonheur dans le ciel,
En chaque cœur vivant l'amour s'est éveillée
 Et chante l'hymne à l'Eternel.

Chante aussi dans ce jour ce grand hymne, ô mon âme !
    L'ombre épaisse qui te voilait
Se dissipe aux clartés de l'éternelle flamme :
    La vie avec l'amour renaît.

Chante au fond des vallons sur l'herbe et sur la mousse ;
    Les vierges, pures comme les fleurs,
Soupirent dans les bois, et font de leur voix douce
    Palpiter d'espoir tous les cœurs.

Chante, devant tes yeux l'immortelle nature
Montre au divin soleil son trésor enchanté ;
Aux soupirs des forêts, à l'onde qui murmure
Mêle ta voix, et dis leur sereine beauté.

LE DÉPART.

Ah! si rien ne peut plus ici te retenir,
Ni les pleurs maternels, ni le cher souvenir
   Des jours calmes de notre enfance,
Écoute ce qu'en proie à des rêves heureux
Je voulais dans mon cœur cacher à tous les yeux,
   Comme mon trésor d'espérance.

Peut-être tu croyais que l'amour d'une sœur,
Comme le tien, faisait seul palpiter ce cœur,

Et longtemps je l'ai cru moi-même ;
Mais , sachant que tu veux nous quitter et partir,
A la grande douleur dont je me sens saisir,
    Mon frère , je vois que je t'aime.

Pourquoi nous fuir ? sans doute à l'horizon lointain ,
Un fantôme trompeur te montrant de sa main
    La route , te dit : — Renommée ,
Amour, tout est là-bas , et d'enivrantes fleurs ,
Qui naissent par milliers en des pays meilleurs ,
    Émaillent la plage embaumée.

Dans des vallons heureux où tressaille le cœur,
Des filles aux yeux noirs plus belles que ta sœur
    Te presseront sur leurs poitrines ,
Et sur ton pâle front, posant de longs baisers ,
Feront fuir loin de lui tes chagrins apaisés ,
    Avec leurs caresses divines.

Ne le suis pas ; bientôt tu verras s'épaissir
L'ombre autour de tes pas , tu voudras revenir,
    Ou sur la route commencée,
Marcher ; mais elle aura déchiré tes pieds nus ,

Et, seul, tu tomberas vers des bords inconnus,
Sur la terre obscure et glacée.

Alors, te relevant par un suprême effort,
Car, dans l'air, près de toi tu sentiras la mort
Passer en déployant ses ailes,
Tu reviendras blessé dans le vallon natal,
Sentant au fond de l'âme un invincible mal
La brisant d'angoisses cruelles.

Tu voudras voir ta mère, et peut-être aussi moi ;
Mais chacun se dira, s'écartant loin de toi :
Quel est cet étranger qui passe ?
Tu seras si changé que les petits enfants
Ne se souviendront plus, hommes devenus grands,
Qu'ici tu jouais à leur place.

Alors, en appuyant ton corps sur un bâton,
N'entendant que ton cœur battre, vers la maison
Avec une espérance avide
Tu marcheras ; mais quand tu seras sur le seuil,
Où tout était bonheur, tu ne verras que deuil :
La maison sera froide et vide.

Et l'insensé partit, son âme était ailleurs.

— Le vent du ciel, dit-il, saura sécher ses pleurs,
    Comme il sait sécher la rosée;
La terre au loin s'étend, à qui veut la saisir
Elle appartient; jamais on ne la voit pâlir
    De pleurs ou de sang arrosée.

Et, je vivrais ici dans un lâche repos!
Non, dans les champs lointains dussent blanchir mes os,
    Dût le sein de la mer profonde
Me servir de tombeau, j'étendrai mon essor
Jusqu'où va mon désir, car j'ai soif des fruits d'or
    Qu'étale la terre féconde.

Jamais il ne revint, et celle dont le cœur
L'aimait, s'enveloppant dans l'ombre et la douleur,
    Avec sa dernière prière
Rendit à Dieu son cœur vierge d'autres amours,
Et dans la noire nuit a caché pour toujours
    Son secret sous la froide pierre.

A MADEMOISELLE M. F...

Quand la source divine en votre âme cachée
A brillé dans vos yeux, pleuré dans vos soupirs,
Et qu'après tout un soir, attentive, attachée
A vos lèvres, la foule avec ses souvenirs
De joie ou de terreur se disperse nombreuse,
Par les mille chemins qui vont dans la cité,
L'artiste et le poète en leur âme rêveuse
S'en vont en emportant tout un monde enchanté.
Car ils l'ont vu passer ce monde de leur rêve,
Ce monde de beauté, d'idéal et d'amour,
Et l'œuvre commencée en leur âme s'achève,
Et prenant votre forme, elle se montre au jour.

NOVEMBRE.

Voici que tombe la feuillée,
La forét, noire et dépouillée,
N'a plus d'ombrages doux et frais;
Loin des bois, les feuilles flétries
Vont joncher l'herbe des prairies,
Pour ne plus reverdir jamais.

Dans le flot d'argent des fontaines
Ne se reflètent plus sereines
Les étoiles d'or, fleurs des cieux;
La brume enveloppe, ô nature!

Ton beau sein ; un triste murmure
Sort des grands bois mystérieux.

Oui, tout semble mort à cette heure ;
On voudrait la froide demeure
De ceux qui reposent glacés ;
Aucun espoir ne vient dans l'âme,
Les rayons sacrés de ta flamme
S'éteignent dans nos cœurs lassés.

Mais que nous font des nuits brûlantes,
Pleines de senteurs énervantes?
Jouissons des nuits des longs hivers ;
Viens sur mon cœur, ma bien-aimée ;
Viens ! dans mes bras toute pâmée,
Oublions ce triste univers.

Ton lit tiède vaut bien la mousse ;
Ton sein est dur, ta lèvre est douce
Plus que la rose et que le miel.
Les flots d'or de ta chevelure
Ruissellent mieux que l'onde pure
Qui resplendit des feux du ciel.

Va, laissons la terre glacée,

Par le vieux soleil délaissée,

Errer sur l'abîme béant ;

La mort nous presse, aimons encore ;

Il n'est peut-être plus d'aurore,

Et la nuit sans fin nous attend.

L'autre soir, en passant auprès de la rivière,
Je me suis arrêté seul sur le Pont-Royal;
Appuyant tristement mes coudes sur la pierre,
Je songeais au doux ciel de mon vallon natal;

Et je disais : O toi qui passes dans la foule,
Inconnu, mais sentant dans toi quelque grandeur,
Ta vie à la mort court comme la Seine roule
Ses flots à l'Océan, que doit aimer ton cœur.

Il est passé le temps où la blonde chanteuse,
Ainsi qu'un rêve d'or, t'apparut sous les cieux;
Tu ne la verras plus comme aux jours où, rêveuse,
Elle enivrait ton cœur des rayons de ses yeux.

Là-bas, sous ses rosiers qui fleurissent encore,
Cette autre qui t'aimait, mais que tu n'aimas pas,
Dort; ce n'est qu'aux lueurs de l'éternelle aurore
Que pour te pardonner s'ouvriront ses deux bras.

Aux terrestres amours ton âme descendue
Leur demanda souvent des baisers et des pleurs.
La lassitude amère en ton âme est venue;
Car tout n'est que mensonge, excepté les douleurs.

Depuis, tu marchas seul en ce monde de fange;
Impur autant que tous, et semblable à cette eau
Qui s'écoule et se perd, plein de folie étrange,
Tu souillas bien souvent le saint comme le beau.

Tout-à-coup le soleil vint dans l'arc de l'Étoile
De ses derniers rayons inonder la cité.
Une femme passa, souriant sous son voile,
Quand du ciel rayonna la divine clarté.

Et je sentis dans moi revenir l'espérance,
De mon cœur qui mourait l'ardeur se ranimer;
Car ce sourire pur effaçant ma souffrance,
Ce beau soleil disaient : C'est nous qu'il faut aimer.

Oui, ce qu'il faut aimer sur terre avec la femme,
Ce qui relève un front vers la terre penché,
C'est le divin, le beau, tout ce qui remplit l'âme;
Tout ce qui fait sentir au cœur le Dieu caché.

A ALICE.

On m'a dit hier votre nom charmant,
Et depuis hier, pour bercer ma peine,
Ma bouche le dit à chaque moment;
Mais mon triste cœur se console à peine.

Rien ne peut, hélas! calmer mon tourment,
Ni les bois ombreux, ni la nuit sereine,
Quand les astres d'or, dans le firmament,
Versent sur mon front leur clarté lointaine.

Alice, il faudrait, pour guérir mon cœur,
Pour qu'il puisse encor rêver le bonheur,
Un sourire doux, frais comme les roses;

Et quand même après j'en devrais mourir,
Pour que dans ma nuit brille un souvenir,
Un baiser brûlant sur vos lèvres roses.

J'avais fait le serment de n'aimer plus sur terre
        Que les vallons déserts, les bois,
Qui murmurent la nuit des chants pleins de mystère :
        Harmonieuse et sainte voix.

J'avais fait le serment de vivre en vieil ermite,
        Et, mettant la main sur mon cœur,
Je voulais l'empêcher de battre par trop vite,
        Quand l'insensé croit au bonheur.

Comme au matin vermeil, devant la fraîche aurore,
Fuit un rêve étrange ou mauvais,
Devant vous mon serment s'enfuit à tout jamais,
Et mon cœur veut aimer encore.

Car la plus belle fleur, parmi les fleurs des champs,
Est moins douce à mes yeux que votre doux sourire,
Et les chants des bois murmurants
Sont moins suaves et touchants
Que ceux de votre voix quand votre âme soupire.

Tout renaît; dans les champs les suaves senteurs
    Montent dans l'air sonore;
Le souffle du printemps fait palpiter les cœurs,
    Et l'homme espère encore.

Les arbres des forêts de leur feuillage vert
    Ont couronné leur tête;
On n'entend plus gémir le vent glacé d'hiver;
    Pour longtemps la tempéte

A fui ; mais dans la terre où tombent tous les jours
Les morts que l'on oublie,
Les deux mains sur son cœur, elle dort pour toujours,
Et jamais dans la vie,

Jamais nous ne verrons cette fleur de beauté,
Cette auréole sainte,
Qui, sur son front, semblait de l'immortalité
Une divine empreinte.

Le voyageur qui vint parmi nous l'an passé
Et qui conservait d'elle,
Dans le fond de son cœur que la vie a lassé,
Le souvenir fidèle,

Demandera pourquoi, sous les arbres fleuris,
Dans les vertes campagnes,
La vierge qui brillait, comme brille un beau lis,
A laissé ses compagnes.

Et, nous lui montrerons le tertre de gazon,
Et la croix solitaire,
Que l'éternel soleil dore de son rayon
En caressant la terre.

Et le front dans sa main, pour cacher sa douleur,
    Traversant la prairie ;
Pour jamais il fuira le vallon où son cœur
    Oubliait la patrie.

Ici, rien n'est créé que pour bientôt mourir ;
    Tout n'est que poussière, ombre ;
Chaque cœur s'éteindra ; l'oubli, le souvenir
    Iront dans la nuit sombre.

Qu'avons-nous fait, Seigneur, pour un destin pareil ?
    Mon âme est désolée,
Mon sommeil est en proie aux terreurs, mon réveil
    La trouve inconsolée.

O toi, spectre voilé que nul ne peut saisir,
    Qui nous suis comme l'ombre,
Avec tes doigts glacés ouvres-tu l'avenir
    Aux trépassés sans nombre ?

Ou bien, scellant leurs yeux avec un sceau d'airain,
    Et déployant ton aile,
Les emportes-tu tous dans ton vol souverain
    En la nuit éternelle !

Ah ! quel soleil se lève et quel monde apparaît
    Au-delà de la tombe ,
Quand de nos yeux s'éteint le céleste reflet
    Et que l'homme succombe ?

Quand la poussière humaine à tous les vents du ciel
    Se disperse envolée ,
Et que l'âme des morts , loin du monde réel ,
    Dans l'espace est allée ?

Éternelle nature , ô mère des humains ,
Pourquoi, quand nous souffrons, resplendis-tu sereine ?
Pourquoi toutes ces fleurs sur ton beau front de reine ,
Ces roses et ces lis que répandent tes mains ?
Quand nous tendons les bras vers l'immense étendue ,
Pour presser sur nos cœurs l'espérance qui fuit ;
Quand nous tombons frappés par l'éclair de la nue ,
Pourquoi tes astres d'or brillent-ils dans la nuit ?
Tu brises sans pitié, dans leur fleur, tout humide
Des larmes de l'amour dont tu les as formés ,
Les êtres nés de toi, lorsque leur bouche avide
Te demande le pain dont ils sont affamés.
Ton soleil radieux des flots de sa lumière

Dore le marbre froid qui pèse sur les morts.

Pourquoi si grande as-tu cette ironie amère?

Pourquoi si forte as-tu de si cruels efforts?

O Cybèle, ton sein qui nous donnait la vie

Est tari, ton autel éteint n'est qu'un tombeau,

L'espérance à jamais dans les cieux s'est enfuie,

La mort seule sur nous promène son flambeau.

Homme, calme ton cœur; si tout passe sur terre,

Si ce monde d'un jour est en proie à la mort,

Si, dans tes bras tremblants, comme toi passagère,

Tu n'embrasses qu'une ombre après un vain effort,

Dans ton ciel obscurci bientôt naîtra l'aurore

Du jour qui va paraître et sera sans déclin;

Tu pourras apaiser la soif qui te dévore

A la source divine, et de ce songe vain

De là-haut tu verras le néant, et ton âme,

Rejetant dans la nuit tout cruel souvenir,

Éclairée aux rayons de l'éternelle flamme,

Apprendra que l'on vit, mais lorsqu'on peut mourir.

Quand les bruns moissonneurs chargés de lourdes gerbes
Portent aux charriots les trésors des moissons,
Elle chante, et s'en va parmi les hautes herbes
Cueillant les belles fleurs, étoiles des gazons.

Et tous les travailleurs lui disent — : Paresseuse,
La fleur ne nourrit pas, et ton travail est vain.
Viens avec nous, il n'est de chose précieuse
A recueillir ici que le blé, don divin.

— O frères, ramassez les épis dans la plaine ;
Dieu veut qu'ici chacun recherche son trésor ;
Le mien est dans ces fleurs, et chacun de sa peine
A le prix : sous vos toits portez vos gerbes d'or.

Moi, j'aurai les parfums que la fraîche rosée
En descendant du ciel a baignés de ses pleurs.
Le pain donne la force, à mon âme blessée
Les fleurs donnent l'amour qui fait vivre les cœurs.

Le souffle d'avril qui se lève
Caresse la source au flot clair ;
Dans les grandes forêts la sève
Monte, et commençant leur beau rêve,
Les fleurs des champs embaument l'air.

Tout est vie, amour et lumière,
La vierge sourit au bonheur,
Et dans ses bras la jeune mère,
Pour apaiser sa plainte amère,
Berce son enfant sur son cœur.

O vous qui, sous la terre sombre,
Semblez dormir d'un long sommeil,
Que faites-vous, frères sans nombre,
Dans la longue nuit pleine d'ombre,
Quand pour nous brille le soleil ?

Vous surtout qui, dans notre enfance,
Avec moi jouiez tout le jour,
Quand la jeune et blanche espérance,
Qui ne connaît point la souffrance,
Baisait nos fronts avec amour ?

Quand nous voyions avec l'aurore
Naître nos songes de bonheur,
Spectres vains, qu'elle fait éclore,
Mais que bientôt après dévore
Du jour l'énervante chaleur ?

Et vous, ô nos blondes maîtresses,
Feurs de notre éden disparu,
Devant qui fuyaient nos tristesses,
Vierges chastes ou pécheresses,
Rêve d'or à jamais perdu,

Qui nous rendra votre innocence,

Vos regards purs comme les cieux,

Et cette divine ignorance

Que trop tôt l'humaine science

Emporte avec les jours heureux ?

Comme sur les fleurs que l'orage

Frappe sans pitié ni remord,

Sur vous, au matin de votre âge,

Le mal dans son aveugle rage

A promené la pâle mort.

Ah ! quand j'aurai vécu qui nous aimera, frères ?

Qui viendra visiter vos gazons funéraires

 Et prier à genoux ?

Et quand sur vos tombeaux l'ombre étendra ses voiles,

Qui viendra sous des cieux qui seront sans étoiles

 Pour pleurer avec vous ?

Car il n'est plus, le temps où les visions saintes

Passaient à l'horizon, et laissaient leurs empreintes,

 Cybèle ! sur ton sein.

Le Dieu caché pour tous n'est pas dans les symboles,

Et, comme l'a dit Christ, il n'a plus de paroles

Pour un fantôme vain.

A N..

Lorsque la nuit descend, son voile obscur efface
L'éclat des flots d'argent, et les buissons en fleurs
Disparaissent aux yeux, et ne laissent de trace
Que dans l'air embaumé des terrestres senteurs.

L'homme qui tout le jour s'est courbé vers la terre,
Se repose le soir quand il vient d'achever
Son dur labeur ; le sage et le penseur austère
Attendent le silence et l'ombre pour rêver.

Mais il n'est plus pour eux de fatigue, de peine,
Quand, la première aux cieux, une étoile sereine
A versé sur leur front ses rayons radieux.

Ainsi fuit tout chagrin de l'inquiète vie
Quand, mystique rayon de l'essence infinie,
Douce étoile du soir, vous éclairez nos cieux.

CHANSON.

Dans quelques jours sur les prés verts,
Sur le flot clair de la fontaine,
Sur les bois, sur les champs déserts
Du printemps soufflera l'haleine.

Dans quelques jours le beau soleil,
En caressant la terre aimée,
Baisera la rose embaumée
Au front de son rayon vermeil.

Et les oiseaux sur la branche fleurie

Dans leurs doux nids s'enverront tour-à-tour

Leurs suaves chansons dont la plainte chérie

Porte au cœur tant d'amour.

Assise auprès de moi sur les fleurs et la mousse,

Et sur le gazon odorant,

Ma Ninon, votre corps charmant

Marquera son empreinte douce.

Ah ! laissez-vous aimer ! pour bercer ses douleurs

L'éternelle et sainte nature

Aura sa couronne de fleurs,

Et des forêts le grand murmure.

Moi, je n'ai rien que vous pour consoler mon cœur ;

Vous êtes mon âme, ma vie ;

Je n'ai rien que vous, ma chérie ,

Pour me faire croire au bonheur.

Mais que vous importe ma peine,

Le vieux printemps, les vieux amours ?

Vous riez et songez à peine

A moi qui songe à vous toujours.

A N...

Hier les ris joyeux sur votre lèvre rose
Voltigeaient, s'ébattant avec un léger bruit,
Comme on voit le matin voltiger sur la rose
Les papillons baignés des larmes de la nuit.

Était-ce le bonheur qu'on vous trouvât si belle,
Ou la naïve joie en votre cœur aimant,
Qui parait votre front d'une grâce immortelle,
Et brillait dans vos yeux comme un pur diamant?

Si c'était ce bonheur, si c'était cette joie,

Ah ! puissent-ils longtemps caresser votre cœur.

Riez toujours, que seuls nous devenions la proie

Des maux inscrits pour vous au livre du malheur

Riez toujours, et bien que votre cher sourire

Ait fui comme une étoile à l'horizon vermeil,

Son souvenir saura consoler qui soupire,

Son souvenir sera sa prière au réveil.

A N...

J'aime, quand la nuit vient, aux étoiles sereines
Demander les secrets des mondes infinis,
Et quand s'enfuit l'hiver, à regarder les plaines
Où fleurit l'aubépine en rêvant au pays.

Des poètes sacrés j'aime à fouiller le livre,
A contempler des cieux l'éternelle splendeur ;
Evoquant le passé recueilli dans mon cœur,
Avec des morts chéris souvent j'aime à revivre.

J'aime Dante et Corrége, Homére et Raphaël,

Et la Grèce expirée et la triste Italie;

J'aime entendre passer la grande mélodie

De Mozart dont les chants sont descendus du ciel.

Mais j'aime mieux que tout ce qu'a fait le génie,

Que mon pays natal ou n'importe quel bien,

Vous que le créateur de divine harmonie

Fit d'un sourire éclore et mit sur mon chemin.

Lorsque dans le jardin d'Eden, Eve la blonde
S'éveilla doucement de son premier sommeil,
Et tout humide encor des larmes de ce monde,
Sécha son beau corps vierge aux rayons du soleil,

Celui que son sourire au doux éclat vermeil
Devait faire tomber sur la terre profonde,
Ne vit plus les rayons de l'aube à son réveil,
Ni la splendeur de Dieu qui rayonnait sur l'onde.

Elle devint pour lui son cher et seul espoir,
Son âme oublia tout et ne voulut plus voir
Que celle qui rendait pour lui la terre belle.

Ainsi, Ninon, pour toi j'aurais tout oublié,
Moi-même, Dieu, le ciel, si ton cœur eût lié
Mon cœur par un baiser de ta bouche rebelle.

Lorsque la fuite des années

Aura cruellement emporté vos beaux jours,

Et que bien tristes fleurs fanées

Tomberont à vos pieds les roses des amours,

Assise, étant rêveuse au foyer solitaire,

Vous vous direz peut-être en votre souvenir :

— De tous ceux que j'aurai rencontrés sur la terre

— Lui seul a su m'aimer, lui seul a su souffrir.

Mais il sera trop tard, et sous l'humide pierre
    Mon triste cœur à jamais dormira;
La mort aura glacé mon front et ma paupière,
    Aucun regret ne me réveillera.

Ah! pour qu'aucun soupir, ah! pour qu'aucune plainte,
Si vous songez à moi, n'attriste votre cœur,
Ou dans son doux repos n'apporte quelque crainte,
Laissez-moi vous aimer, mais non pour mon bonheur.

A N...

Vous souvient-il encor de ces ombrages verts
Où nous allions ensemble?
Leur horizon était pour moi tout l'univers,
Mais ce que Dieu rassemble

Ne peut, hélas! ici demeurer plus d'un jour,
Et c'est la loi fatale
Que le bonheur, la peine et la haine et l'amour
Aient une fin égale.

Ah! dans la noire nuit ils ont fui pour jamais
Ces jours, mon plus beau songe,

Et seul je me souviens de tout ce que j'aimais,
    Triste et divin mensonge.

Vous souvient-il encor de ces ombrages verts
    Où nous allions ensemble?
Trois fois ils sont tombés sous le vent des hivers,
    Mais toujours il me semble

Que je vous vois assise et respirant l'air doux,
    Les senteurs embaumées,
Quand le printemps faisait tomber à vos genoux
    Ses roses bien aimées;

Quand la sainte lumière, au moment du réveil
    De tout ce qui respire,
Baisait si doucement de son rayon vermeil
    Votre jeune sourire!

Le bonheur vous suivait, tout se parait pour vous;
    Comme au Dieu qu'elle adore,
La terre vous donnait ses parfums les plus doux,
    Nés des pleurs de l'aurore!

Oui, la vie est un mal cruel, et bienheureux

Ceux qui restent dans l'ombre,

Ou ceux qui, le jour même où s'entr'ouvrent leurs yeux,

Rentrent dans la nuit sombre !

Jamais ils n'ont, tendant une tremblante main,

Poursuivi dans l'espace

Le spectre lumineux qui nous montre demain

Et qui rapide passe.

Jamais ils ne se sont penchés sur le flot pur

Des fontaines sacrées

Qui des cieux éternels réfléchissent l'azur,

Et jamais, altérées,

Leurs lèvres tout en feu n'ont désiré goûter

Cette eau, pour nous la vie,

Qui fuit entre les doigts et que l'on sent couler

Sans calmer son envie !

Ah ! puisque les rayons qui brillaient dans vos cieux

N'éclairent plus mon âme,

Et puisque l'espérance au regard radieux

A fui comme vous, femme,

Je ne demande plus que l'éternelle paix,

Le long sommeil dans l'ombre,

Sous ces ombrages verts dont le feuillage épais

Rend la terre plus sombre !

A N...

Pâle comme le lis que l'orage a plié,
Vous baissez tristement votre front vers la terre ;
Pour la foule qui passe elle y voit un mystère ;
Seul je sais tout, mon cœur est au vôtre lié.

De nos jours d'autrefois je n'ai rien oublié,
J'ai vécu dans la peine et la douleur austère ;
Mais, en continuant ma route solitaire,
Je vous porte partout où se pose mon pied.

Non, quand la mort viendrait, avec sa main glacée,

Arracher de mon front ma dernière pensée,
Elle ne vous saurait arracher de mon cœur.

Le monde où vous vivez n'est pas celui qui passe,
Il va bien au-delà du temps et de l'espace ;
Du songe de la vie il est toujours vainqueur.

5.

A MADEMOISELLE E. P...

Lorsque vous traversez cette foule inquiète·
Que tourmentent sans fin les terrestres désirs,
Et qui folle s'en va d'un pas que rien n'arrête,
Croyant que cette terre est livrée aux plaisirs,

On demande pourquoi souvent de longs soupirs
Semblent trahir en vous une douleur secrète,
Et ce que votre cœur si jeune encor regrette,
Tant il paraît brisé de cruels souvenirs.

On ne saura jamais qu'aux choses de la terre
Vous ne demandez pas leur décevant mystère,
Quels sont les rêves d'or qui passent dans vos cieux;

Que lorsque votre sein est tout gonflé de larmes ,
Excepté le poète, aucun ne sait les charmes
De ces pleurs pleins d'amour qui tombent de vos yeux.

A F. DE LANNOYE.

Du temps que vécurent nos pères,
Quand le sang coulait à torrents,
Que dans le cœur des pâles mères
Veillaient les soucis dévorants,
Dans nos cités pleines d'alarmes,
Au milieu du grand bruit des armes,
S'embrassant avant de mourir,
Ceux qui nous frayèrent la route,
Où notre esprit s'arrête et doute,
Tombaient regardant l'avenir.

Sans se lasser jamais, sur la terre profonde
    Courant aux quatre vents du ciel,
Ils se sont arrêtés où s'arrête le monde,
    Au bord de l'abîme éternel.
Et quand l'éclair impie eut broyé sur la terre
Le dernier ossement de cette race fière,
Tout ce qui respirait, mais qui ne vivait plus,
Comme erré dans la nuit un pâle météore,
Dans cette sombre nuit peut-être sans aurore
    Erra dans des chemins perdus.

Sous les lambeaux épars de ce linceul immense
Nous avons tous dormi dans nos étroits berceaux ;
Du pain qu'on nous donna la chétive semence
    Avait germé sur des tombeaux ;
    Le lait que nos bouches avides
Demandaient en criant à des mamelles vides
Ne nous a point nourris du breuvage des forts,
Et les chants qu'on disait pour apaiser nos plaintes,
Au lieu d'un rhythme fier, n'étaient que des complaintes,
Comme ces tristes chants dont on berce les morts

Et nous avons grandi, demandant à nos mères
Pourquoi jeunes encor nous désirions mourir ;

Elles nous ont baignés de leurs larmes amères,
En nous disant : Sur terre, il faut aimer, souffrir.
Et nous avons brûlé pour les filles mortelles
    Qui nous semblaient belles et pures ;
Mais celles-ci, serrant leurs bras contre leur sein,
Ont fui bien loin de nous quand la sainte lumière,
Qui des astres sacrés éclairait notre terre ,
    Pâlit et s'éteignit soudain.

Nous avons arraché de tes flancs, ô nature !
Le marbre vierge encor ; mais nos débiles mains ,
En le taillant, n'ont pu de ta large blessure
Faire jaillir l'éclair qui créa les humains.
    Notre statue était d'argile ,
Et quand le vent des mers sur cette œuvre fragile
    Déchaîna toute sa fureur,
Il ne resta plus rien sur la terre ébranlée :
    Les grandes eaux de la vallée
Emportaient sans pitié ce fantôme menteur.

Sous les cieux nous avons livré bien des batailles,
    Et près du fleuve ensanglanté ,
Tour-à-tour nous avons traîné les funérailles
    Des rois et de la liberté ;

Nous avons dans les airs jeté bien des paroles,
Renversé sans remords et brisé nos idoles,
Ou, croyant éternels nos vains rêves d'un jour,
Aux livides lueurs de la foudre qui gronde,
Dans son lâche sommeil fait tressaillir le monde
    De terreur, de haine et d'amour.

    Mais à cette heure le silence
    A glacé les pâles mortels ;
    Cherchez à l'horizon immense
    De quel dieu fument les autels :
    On n'entend plus le saint poète
    Jeter à la foule inquiète
    Le rêve insensé de son cœur,
    Et sur les trépieds prophétiques
    On n'entend plus sous les portiques
    L'oracle d'un âge meilleur.

Qui va sortir, Seigneur, de cette nuit profonde,
    Et, brillant sur l'Oreb nouveau,
Dans la nuée en feu se dresser sur le monde
    Qui chancelle au bord du tombeau ?
Sur quel airain, gravant ta parole sacrée,
Qu'à ton signe le temps jette dans la durée,

Traceras-tu la loi qui fera l'avenir ?

Quel nouveau peuple va garder ton arche sainte ?

Quelle Sion nouvelle, ouvrant sa large enceinte ,

    Va voir tes peuples accourir ?

Sur quel gibet sanglant tout voilé de ténèbres

    Va-t-on voir le juste mourir ?

Dans quels cieux traversés par des lueurs funèbres

    Passera son dernier soupir ?

Qui l'ensevelira dans le mystère et l'ombre ?

Qui cachera son corps dans la caverne sombre ,

Jusqu'à ce que, jetant sa pâture à la mort,

L'ange envoyé par Dieu, l'emportant sur son aile,

    Ouvre de l'aurore nouvelle

    De ses deux mains les portes d'or ?

A UNE JEUNE FILLE.

Enfant, lorsque la nuit vous voyez dans vos songes
Passer joyeusement et se donnant la main
Des amants couronnés de fleurs, le lendemain.
Ne laissez point aller votre âme à ces mensonges.

Rappelez-vous Psyché qui, voulant rallumer,
Pour voir l'Amour dormant dans sa couche fleurie,
Sa lampe d'or, vit fuir, par le destin punie,
Celui que sans connaître elle devait aimer.

Fermez bien votre cœur, s'il est une heure belle
Comme l'éclat des champs au renaissant soleil,

Il est une heure amère au moment du réveil,
Dont rien ne peut guérir la blessure éternelle.

Quand la terre sourit, voyez sur le gazon
La blanche fleur des prés que baigne la lumière,
Elle avait demandé du soleil un rayon,
Mais son front incliné se penche vers la terre.

Pour avoir demandé l'amour, rayon divin,
Enfant, comme la fleur vers la terre baissée,
Sous son baiser brûlant, la mort dans votre sein,
Vous tomberiez soudain et muette et glacée.

A MADEMOISELLE DE G...

Fleur d'amour qui vivez dans le silence et l'ombre,
Cachez bien aux regards votre sainte beauté;
Ne respirez l'air doux que lorsque la nuit sombre
Sur la nature étend son mystère enchanté.

Voilez votre beau front, car ce monde profane
Flétrirait tout l'éclat de vos fraîches couleurs :
Le souffle dévorant de l'été brûle et fane
De ses baisers ardents les femmes et les fleurs.

Gardez votre beauté pour celui que votre âme
Doit éclairer un jour de sa divine flamme,
Qui vit brûlante et chaste au fond de votre cœur.

Gardez votre sourire où le désir repose,
Gardez vos longs regards plus doux qu'aucune chose,
Comme un trésor d'amour, de paix et de bonheur.

Le vent du nord sur la bruyère
Passe en sifflant, dans les prés vert
Et dans le vallon solitaire
Les feuilles vont joncher la terre
En tourbillonnant dans les airs.

Bientôt, ô nature éternelle !
Sur ton sein qu'il aura blessé,
L'hiver, en déployant ses ailes,
Jettera de sa main cruelle
Les plis de son manteau glacé

Mais dans ce sein puissant la semence cachée,
    Lorsque brillera le soleil,
Germera; la couronne à ton front attachée,
Dans la sombre nuit où tu sembles cachée,
    Remplira d'amour ton réveil.

Ainsi tu sortiras de ta nuit, ô mon âme !
    Et la semence qu'en ton sein
Dieu jeta de sa main, quand brillera la flamme
Que fait jaillir du cœur le regard d'une femme,
    Sous les cieux germera soudain.

Et tu t'enivreras à la source divine,
    Pleine d'ambroisie et de miel,
Comme au parfum qui sort de la fraîche aubépine,
    La blonde abeille qui butine
    Boit les pleurs qui tombent du ciel.

VEILLÉE D'AUTOMNE.

L'herbe a couvert la terre, et les noms effacés
Que, le jour de la mort, la douleur a tracés
   Ne se lisent plus sur la pierre.
L'asphodèle au front pâle étoile le gazon,
Et la ronce épineuse et le rude chardon
   S'entrelacent avec le lierre.

Et personne ne vient pleurer avec sanglots
Pour ces morts, ni tout bas murmurer les deux mots
   Que la mère ou l'amant sait dire.
Seul, l'oiseau voyageur, qui veut se reposer,

Sur un frêle rameau parfois vient se poser,
Écoutant le vent qui soupire.

UN PASSANT.

O vous qu'on a couchés sous l'herbe et sous les fleurs,
Morts oubliés pour qui ne coulent plus les pleurs,
Et qui n'avez plus de prières,
Puisque ceux qui devraient se souvenir de vous
Ne viennent plus ici plier leurs deux genoux,
Et laissent sécher leurs paupières,

Seul parmi les vivants, moi je veux vous aimer,
Et quand l'oubli de tous vient vous envelopper,
Prenant dans mon âme lassée
Ce qu'elle garde encore et d'amour et d'espoir,
Je veux auprès de vous m'arrêter et m'asseoir,
Frères en la peine passée!

Oui, je veux vous aimer, morts chéris qu'on oublie;
Que me font les pâles mortels?
Un mystère divin dans l'inconnu me lie
A vos tombeaux comme aux autels.

De ce rêve d'une heure où l'on vous vit paraître,
>> Puis, passer, passer sans retour,
Etes-vous délivrés, et pouvez-vous connaître
>> La source d'où naît mon amour ?

Ainsi que dans la nuit l'on s'éveille d'un songe
>> Qui nous avait noyés de pleurs,
Dans un monde nouveau voyez-vous le mensonge
>> De ce qui trouble ici nos cœurs ?

Voyez-vous que la mort, ce fantôme à l'œil vide,
>> Qui nous suit dans notre chemin,
Lorsqu'elle vient glacer avec sa main aride
>> Notre front qui pense à demain,

Ne nous entraîne pas dans la nuit pleine d'ombre
>> Au sein d'un éternel sommeil,
Mais ouvre devant nous, loin de la terre sombre,
>> L'aurore d'un nouveau soleil !

UNE MORTE.

Tu n'apporteras pas aux tourments de mon cœur
Un remède, ô mon frère, et la grande douleur

6

Qui l'a brisé bien jeune encore
N'est pas une douleur dont on puisse guérir ;
Et sous mon froid linceul je sens toujours frémir
Ce cœur que l'insecte dévore.

Comme la fleur qui s'ouvre aux baisers du soleil,
La fleur de ma beauté, dans son printemps vermeil,
Brillait aux yeux forte et sereine ;
Mon sein était de marbre, et mes cheveux flottants,
Semblables aux blés mûrs que caressent les vents,
Tombaient comme un manteau de reine.

Mais celui qui m'aima pendant un de ses jours
M'a laissée. Oh ! mon cœur le chérira toujours !
Alors mon âme inconsolée,
Lasse de vivre au monde, et n'ayant plus d'espoir,
Brisa mon corps mortel, et bien avant le soir
S'envola toute désolée.

Ah ! dans ce lit étroit je n'ai pas le repos,
Chaque soupir du vent fait tressaillir mes os,
Et dans ma fosse humide et sombre,
Lorsque s'étend au loin le calme de la nuit,

J'entends des mots d'amour, et quelquefois un bruit
    De baisers qui passe dans l'ombre.

UN MORT.

J'ai marché dans la vie, et j'ai voulu savoir ;
Aux rivages lointains je suis allé m'asseoir,
    Et demandant à la nature
Ce secret que, dit-on, Dieu garde dans sa main,
J'ai consumé mes jours et cherché, mais en vain,
    Jusqu'au bord de ma tombe obscure.

Et ce secret encor, je le demande aux vers.
Rien ne m'a répondu dans ce sourd univers ;
    Rien ne me le dit sous la terre ;
Autour de moi j'entends pousser de longs soupirs,
Et suis toujours en proie aux éternels désirs,
    Demandant l'éternel mystère.

Ah ! si des dieux nouveaux ne sont pas descendus,
Si tu n'as rien trouvé dans des cieux inconnus,
    Rien dans le temps, rien dans l'espace,
Si tu n'as déchiré les nuages épais

Qui voilent l'infini, pour nous donner la paix,
Ta pitié sera vaine : passe !

Passe, car comme moi, du fond de leur cercueil,
Tous ils te répondront sous leur étroit linceul
Que glacés ils cherchent encore
Ce qu'ils cherchaient vivants, et qu'au sein de leur nuit
Ne brille aucun espoir, quand pour toi l'ombre fuit,
Et qu'aux cieux rayonne l'aurore.

LE PASSANT.

Et la nuit descendait au ciel non étoilé,
La lune au front d'argent d'un froid brouillard voilé
N'éclairait plus la triste plaine ;
Le vent d'ouest poussait de longs gémissements,
Il apportait plaintif un grand bruit d'ossements
Qui se mêlait à son haleine.

Et du fond de la terre, et du sein noir des flots,
Je n'entendais partout que soupirs et sanglots :
Voix d'hommes, d'enfants et de femmes,
Tout ce que vit grandir la vieille humanité.

Tout ce qui fut jamais force, grâce et beauté,
  Vertu sainte, vices infâmes,

Mêlait sa plainte immense à la plainte des mers,
Alors un froid mortel vint traverser mes chairs;
  Je tombai glacé sur la terre;
Les astres avaient fui du profond firmament;
Le mal régnait vainqueur, et seul dans ce moment
  J'entrevis l'éternel mystère.

Dans les prés caressés par le vent frais du soir
    La brune enfant va solitaire,
    Regardant si l'on peut la voir,
De son pied, en tremblant, elle effleure la terre.

Ses belles mains s'en vont chercher parmi les fleurs
    Celles que baigne la rosée,
De la nuit dans son sein elle verse les pleurs
    Pour calmer son âme embrasée.

— O vous qui laissez sur mon front
Tomber votre pâle lumière,
Lorsque l'enfant dit sa prière,
Qu'à ma voix aucun ne répond,
Et que tout s'endort sur la terre,

Étoiles du ciel, ô mes sœurs!
Dites pourquoi seule je veille,
Pourquoi j'entends à mon oreille
Comme un soupir mêlé de pleurs!

La terre dans l'ombre repose,
Les vains bruits partout ont cessé,
Le papillon dort dans la rose,
Un parfum sort de toute chose,
Par le frais zéphyr caressé.

Pourquoi donc la brûlante flamme
Ne s'éteint-elle, hélas! jamais
Dans mon sein? pourquoi donc, mon âme,
Seule ici n'as-tu pas la paix?

Celui qui longtemps fut mon frère
M'a dit hier, prenant ma main :

— Ah! te verrai-je encore demain
A l'heure où dormira ta mère?

Toi seule es mon bien, mon désir,
Plus que Dieu, plus que la lumière.
O ma jeune sœur! tu m'es chère,
Et ne pas te voir c'est mourir.

Mon cœur bat, quand sous le feuillage
Des noirs sapins, dans la forêt,
Alors que l'hiver reparaît,
Je poursuis joyeux l'ours sauvage,
Haletant, de transport muet.

Mon cœur bat lorsque, sur la cime
Du roc qu'aucun pied n'a foulé,
Je tiens l'aiglon que j'ai volé
A sa mère au bord de l'abîme.

Mon cœur bat lorsqu'après l'hiver
Je vois la nature éternelle
Qui resplendit, toujours nouvelle,
Dans les plis de son manteau vert.

Mais mon cœur bat dans ma poitrine
Plus fort, ô ma sœur! quand je vois
Ton bon front, ou lorsque ta voix
Chante avec la source voisine,
Et se mêle aux soupirs des bois.

LE RETOUR.

Comme l'oiseau blessé vient, en traînant son aile,
Se cacher pour mourir au fond des bois épais,
Je viens, cachant à tous ma blessure mortelle,
Où je dormais enfant m'endormir pour jamais.

Tout est comme autrefois : les fraîches aubépines
Fleurissent dans les champs, et l'onde des ruisseaux
Reflète avec amour les étoiles divines,
Et sur les bords du lac soupirent les roseaux.

Dans la grande forêt, pleine d'un saint mystère,
Toujours passent joyeux et la main dans la main,
Ceux qui s'aiment d'amour et dont le cœur espère
Que leur rêve d'un jour n'a pas de lendemain.

Tout est comme autrefois, je ne suis plus le même,
J'ai peu connu la joie et versé bien des pleurs,
Et maintenant je n'ai pas une âme qui m'aime,
Et j'ai tari la source où naissaient les douleurs.

Lorsque je t'ai quittée, ô ma terre natale !
L'espérance céleste en mon cœur rayonnait,
Elle poussait mes pas sur la route fatale
Que l'aveugle jeunesse à mes désirs offrait.

Non, je ne reviens pas te demander, ô mère !
Tout ce que j'ai perdu ; la mort, prenant mes jours,
Va me verser l'oubli de cette vie amère,
Et sur son pâle sein me coucher pour toujours.

Je viens te demander seulement une tombe
Vers la source qui pleure, et sous l'ombrage épais
Des peupliers, un lit sous la feuille qui tombe
Où je puisse dormir dans l'éternelle paix.

Dors donc, ô cœur brisé ! dans le repos oublie
Ce qu'aux jours écoulés ma main voulait saisir ;
Qu'aucun espoir menteur ne t'attache à la vie :
Tout, excepté la mort, tout n'est qu'un vain désir.

A MADELEINE.

Vous vous regardez, Madeleine,
Tous les jours dans votre miroir,
Et bien souvent sur la fontaine
Vous vous penchez pour mieux vous voir.

Chacun dit que vous êtes belle,
Vous le savez mieux que chacun,
Votre cœur en devient rebelle,
Et qui vous aime est importun.

Aussi je ne viens, Madeleine,
Pas vous dire que mon bonheur
De vous dépend comme ma peine
Et que vos yeux noirs me font peur.

Une autre que vous a mon âme,
Une autre blonde autant que vous
Dans mon cœur allume une flamme,
Et pourtant son regard est doux.

Non pas comme vous, Madeleine,
Quand le dimanche on va danser,
Sur le thym et la marjolaine,
Seule et fière on la voit passer.

Non, mais chacun a son sourire,
Et ses longs regards pleins d'amour,
Et si quelqu'un vient à lui dire
Qu'elle est belle plus que le jour,

Comme le vôtre, Madeleine,
Son air n'est ni froid ni moqueur,
Et, pour consoler chaque peine,
Elle offre une part de son cœur.

PLORANS ET NON CONSOLARI POTEST.

Quel nuage, ô ma sœur! a voilé ton visage?
Pourquoi ton luth divin est-il baigné de pleurs?
Pourquoi ce noir cyprès qui maintenant ombrage
Ton beau front que jamais n'ont pâli les douleurs!
Tu n'as pas comme nous à pleurer sur la terre,
De l'espoir infini ton cœur est toujours plein;
Pourquoi donc dans la nuit erres-tu solitaire?
Pourquoi donc, ah! réponds! ô toi qui m'es si chère,
Ces terrestres sanglots qui déchirent ton sein?

LA MUSE.

Mon frère dans la terre sombre
Dort glacé sous son froid linceul;
Aucun rayon ne perce l'ombre,
Et le ver le visite seul.
Lorsque la splendeur étoilée
Sur nous descend du haut des cieux,
Il est couché dans la vallée,
Et pour tous sa face est voilée
Dans le tombeau mystérieux.

C'était hier, hélas! pendant la nuit obscure,
La neige enveloppait les champs et la cité ;
Il errait emportant la profonde blessure
Que je n'ai pu guérir dans son sein agité.
La bise au souffle aigu passait sur son front pâle,
Mais lui n'entendait rien que le cri de son cœur,
Quand la lune, versant ses froids rayons d'opale,
A ses regards troublés montrait par intervalle
De son rêve éploré le fantôme menteur.

Ah! bien souvent l'été, dans la forêt profonde,

Au bord des clairs ruisseaux suivant les frais sentiers,

Je l'ai conduit moi-même, et, l'éloignant du monde,

J'ai fait germer des fleurs où se posaient ses pieds.

Les blanches visions, filles de l'Espérance,

Pour essuyer ses pleurs descendaient à ma voix,

Et de son front brisé s'éloignait la souffrance ;

Et le démon fatal qui causait sa démence

Se cachait tout un jour dans l'épaisseur des bois.

Mais dans la froide nuit, où la douleur amère

De ceux qui succombaient en proie au désespoir

M'a forcée à quitter, pour une heure, ce frère

Que je ne devais plus consoler ni revoir,

Le spectre au front d'airain vint, de sa main glacée,

L'emporter sans pitié dans le monde inconnu.

Et moi je vais cherchant dans la foule entassée

Au vallon, comme Édith, vers la terre baissée,

Cherchait parmi les morts son amant disparu.

Ah ! n'est-ce point assez que les lyres muettes

Ne rendent plus d'accords sous les cieux désertés !

Que, dans nos jours de fer, mes frères les poètes

Par l'exil ou la mort au loin soient emportés ?

Que, dans la sombre nuit qui d'en haut nous arrive,

Pâlissent les rayons que nous versait l'espoir,

Et que sur l'Océan, où notre nef dérive,

Aucun phare lointain n'éclaire le ciel noir !

Faut-il donc, ô Seigneur ! que dans cette tempête,

Aveuglé par les feux livides des éclairs,

Avant le temps frappé, mon pur et doux poète,

Désespérant de vous, ait incliné sa tête,

Et déchiré son cœur par ses sanglots amers !

Tu le vois, ma douleur profonde,

Poète, ne se peut guérir ;

Si je pouvais mourir au monde,

Frère, tu me verrais mourir ;

Mais je te quitte, il faut encore

Que je cherche dans le vallon.

J'entends une brise sonore,

Peut-être une nouvelle aurore

Va naître au terrestre horizon.

A CH. D.

Te souvient-il, ami, du dernier des beaux jours
D'automne, où nous allions revoir cette vallée,
Et le vieux cimetière et l'église isolée
Avec ses grands ormeaux qui sont debout toujours?
L'inconnu sous nos pieds, l'infini sur nos têtes,
Ensemble nous rêvions; tout au loin le soleil
De ses derniers rayons, avant son long sommeil,

Dorait les monts Jura, nids sombres des tempêtes.

Je m'assis en posant ma tête dans ma main,

Tu t'assis près de moi sans troubler mes pensées,

Car tu savais combien d'angoisses insensées

Naissaient des visions qui passaient dans mon sein.

Je revoyais les jours enfuis de ma jeunesse,

Songe qui m'a laissé seul avec la douleur ;

Et, comme un arbre mort que vainement caresse

Le souffle du printemps qui fait germer la fleur,

Mon cœur était glacé ; la divine espérance,

Le caressant en vain avec ses ailes d'or,

N'apportait à ce cœur brisé par la souffrance

Qu'un fardeau qui semblait l'étreinte de la mort.

Réponds-moi, compagnon bien cher de ma jeunesse,

Toi qui gardas toujours dans le fond de ton cœur

Mes jeunes rêves pleins d'amour et de bonheur,

Et n'as jamais souri de ma longue tristesse !

Que faut-il faire ? oh ! dis ! Sur le bord du chemin

Je me suis arrêté, dans mon âme est le doute ;

Je suis lassé, pourtant devant mes yeux ma route

Semble se dérouler dans l'avenir lointain.

Dis ! dois-je demander aux songes de la terre

De nouveaux horizons, laissant passer mes jours,

Ou moi-même fermant mes yeux à la lumière,

Dans la profonde nuit m'endormir pour toujours!

FIN

TABLE

FIN DE LA TABLE

PARIS. — Inprimerie LACOUR, rue Soufflot, 18.